VENTE
Du Lundi 18 Novembre 1912
HOTEL DROUOT, SALLE N° 6
A DEUX HEURES

Meubles et Sièges Anciens

ET DE STYLE

TABLEAUX, AQUARELLES, DESSINS

SCULPTURES, BRONZES, OBJETS VARIÉS

TAPISSERIE DES GOBELINS

ÉTOFFES, TAPIS D'ORIENT

Dépendant de la Succession de M. GUGGENHEIM

Et appartenant à DIVERS

COMMISSAIRE-PRISEUR
Mᵉ F. LAIR-DUBREUIL
EXPERTS
MM. PAULME & B. LASQUIN Fils

CATALOGUE

DES

MEUBLES ET SIÈGES ANCIENS

DES ÉPOQUES LOUIS XV ET LOUIS XVI

ET DE STYLE

Commodes, Secrétaires, Tables, Bureaux, Tric-Trac, Armoires, Encoignures
Consoles, Glaces, Trumeaux, etc.

SIÈGES GARNIS EN ANCIENNE TAPISSERIE

TABLEAUX ANCIENS

AQUARELLES — DESSINS — GRAVURES

Porcelaines, Faïences, Argenterie

SCULPTURES — BRONZES

TAPISSERIE DES GOBELINS

ÉTOFFES, TAPIS D'ORIENT

Dépendant de la Succession de M. GUGGENHEIM

Et appartenant à DIVERS

DONT LA VENTE AUX ENCHÈRES PUBLIQUES AURA LIEU A PARIS

HOTEL DROUOT, SALLE N° 6

LE LUNDI 18 NOVEMBRE 1912

à deux heures

Mᶜ F. LAIR-DUBREUIL	MM. PAULME & B. LASQUIN Fils
COMMISSAIRE-PRISEUR	EXPERTS
6, rue Favart	10, r. Chauchat, 11, r. Grange-Batelière

EXPOSITION PUBLIQUE

Le Dimanche 17 Novembre 1912, de 1 h. 1/2 à 6 heures

CONDITIONS DE LA VENTE

Elle sera faite au comptant.

Les adjudicataires paieront *dix pour cent* en sus des enchères.

L'exposition mettant le public à même de se rendre compte de l'état et de la nature des objets, aucune réclamation ne sera admise une fois l'adjudication prononcée.

Paris. — Imp. de l'Art, Ch. Berger, 41, rue de la Victoire

DÉSIGNATION

PREMIÈRE PARTIE
Succession de M. GUGGENHEIM

TABLEAUX
DESSINS, GRAVURES

BELLET (DE)

1 — *Le Petit pont.*

Dessin plume et lavis. Signé et daté : 89.

ÉCOLE ITALIENNE

2 — *Diane et ses suivantes dans un paysage.*

Panneau. Haut., 23 cent.; larg., 32 cent.

ÉCOLE ITALIENNE (XVIIe siècle)

3 — *Nativité.*

Panneau. Haut., 38 cent.; larg., 30 cent. 1/2
Cadre ancien en bois sculpté.

ÉCOLE MODERNE

4 — *Baigneuse.*

Toile.
Signature illisible.

GILLOT (Attribué à Cl.)

5 — *Bacchanales.*

Quatre gouaches.

Haut., 21 cent. ; larg., 32 cent.

LE BARBIER l'aîné

6 — *Bacchanale. — Offrande à Vénus.*

Deux dessins à la plume lavés de bistre. Signés et datés : *1769.* De forme ovale.

Haut., 28 cent. 1/2 ; larg., 31 cent.

MARIESCHI

7 à 8 — *Vues des environs de Venise.*

Toile.
Deux pendants.

Haut., 58 cent. ; larg., 92 cent.

Cadres anciens en bois sculpté doré.

MOREAU LE JEUNE (D'après)

9 — Vignettes pour illustrer les œuvres de J.-J. Rousseau.

Quatre pièces petit in-4°, par Duclos, Le Mire, Le Veau.

SCULPTURES, CÉRAMIQUES
OBJETS VARIÉS

10 — Poignard à manche d'ivoire dans sa gaine en velours.

11 — Écritoire faite d'un bouddha et de deux godets en porcelaine décorée ; monture en bois et bronze doré dans le goût du XVIIIe siècle.

12 — Deux petits miroirs ovales, cadres en bois sculpté, munis chacun de trois patères en métal.

13 — Lampe en bronze moderne-style, muni d'un abat-jour en verre de couleurs.

14 — Lanterne d'antichambre en cuivre mouluré.

15 — Buste de Jean-Jacques Rousseau en plâtre teinté, d'après CAFFIERI.

16 — Groupe en plâtre teinté, d'après CLODION : Bacchante et petit faune.

17 — Deux vases en céramique moderne, imitant le bleu de Chine. Monture en bronze. Style Louis XVI.

18 — Grosse bouteille en terre, décorée de bas-reliefs.

19 — Potiche en terre émaillée en couleurs, du Nord de l'Afrique.

20 — Vase-cache-pot en ancienne faïence orientale, décor de rinceaux de fleurs et feuillages, en bleu

MEUBLES ET SIÈGES

21 — Coffre en bois gravé.

22 — Petite table-guéridon en bois sculpté ciré. Dessus de marbre brèche d'Alep. Style Louis XV.

23 — Horloge en chêne sculpté et ciré. Style Régence.

24 — Armoire, à trois portes munies de glace, en bois peint. Style Louis XVI.

25-26 — Deux bibliothèques en chêne sculpté, ciré, ouvrant chacune à deux portes grillagées. Style Régence.

27 — Table-bureau, de forme carrée, à quatre faces, en bois de placage, munie de tiroirs. Dessus de maroquin. Style Louis XVI.

28 — Meuble-bahut en bois sculpté ciré, ouvrant à quatre portes et deux tiroirs. La corniche supportée par deux gaines. Composé de parties anciennes et modernes.

29 — Grand bureau plat, avec son cartonnier, en bois de placage : il repose sur quatre pieds carrés en gaines ; ornementations de bronze. Style Louis XVI.

30 — Table tric-trac Louis XVI, de forme rectangulaire, à pieds carrés en gaines, replaquée et
marquetée en bois de rose, à tiges de fleurs et
nœuds de ruban. Elle est munie de jetons en
ivoire et porte-lumière en métal argenté.

Long., 1 m. 13 cent.

31 — Commode, de forme droite, en marqueterie de
bois de placage; elle ouvre à deux tiroirs et est
ornée de bronzes. Dessus de marbre. Fin de
l'époque Louis XV.

Long., 1 m. 5 cent.

32 — Commode en marqueterie de bois de couleurs, de forme contournée. Elle repose sur
quatre pieds élevés, et ouvre à deux tiroirs.
Décor de tiges de fleurs. Dessus de marbre brèche. Époque Louis XV.

Long., 1 m. 13 cent.

33 — Deux fauteuils de bureau en noyer sculpté et
canné. Style Louis XVI.

34 — Grand canapé d'antichambre en bois sculpté
ciré et canné. Il est muni d'un coussin en damas. Style XVIIIe siècle.

35 — Deux chaises en bois sculpté ciré et canné.
Style Louis XV.

36 — Canapé en bois sculpté ciré et canné, recouverts en velours frappé bleu. Style Louis XV.

37 — Deux fauteuils en bois sculpté ciré, recouverts
en velours frappé bleu. Style Louis XV.

38 — Banquette en bois sculpté ciré, recouverte en
ancienne tapisserie au point, décor de fleurs et
arabesques.

Long., 1 m. 10 cent.

39 — Deux fauteuils, à dossier-médaillon, en bois
mouluré et sculpté, recouverts d'ancienne tapisserie d'Aubusson, à personnages, animaux
et fleurs. Époque Louis XV.

Larg., 57 cent.

40 — Quatre fauteuils, de forme contournée, en
bois mouluré et sculpté, recouverts en ancienne
tapisserie d'Aubusson, à gerbes de fleurs sur
fond blanc ; encadrement feston de feuillages
fleuris. Contre fond jaune. Époque Louis XV.

Larg., 60 cent.

N° 41

TAPISSERiE DES GOBELINS
TAPIS D'ORIENT

41 — Tapisserie rectangulaire de la manufacture
royale des Gobelins, d'après *A. Coypel*, du xviiie
siècle, faisant partie de la tenture dite de l'*Ancien Testament*, elle a pour sujet : *Laban*.
Au milieu d'un paysage, dans le fond duquel on
voit un troupeau, Jacob, debout à gauche, les
jambes et les bras nus, se plaint à Laban, assis
à droite, devant une chaumière, de lui avoir
donné pour femme Lia. Entre Laban et Jacob,
Rachel, vêtue de blanc, se tient debout.

Haut., 2 m. 78 cent.; larg., 2 m. 55 cent.

(Voir la Reproduction.)

(Collection Roussel.)

42 — Grande carpette d'Orient décorée par compartiments, d'arbustes et fleurs stylisés.

Long., 4 m. 80 cent.; larg., 3 m. 10 cent.

TABLEAUX
AQUARELLES, DESSINS

ÉCOLE FRANÇAISE (XVIIIe siècle)

43 — *Portrait de Femme, représentée en Diane.*

Toile. Haut., 80 cent.; larg., 63 cent.

ÉCOLE FRANÇAISE (XVIIIe siècle)
(DEUX PENDANTS)

44 — *Paysages, Vues de ville, rivière et personnages.*

Deux importantes aquarelles rehaussées de gouache,
dans la manière de Lallemand, de Dijon.

Haut., 54 cent.; larg., 85 cent.

ÉCOLE HOLLANDAISE

45 — *Paysages avec rivière et personnages.*
Deux pendants.

Toiles. Haut., 40 cent.; larg., 50 cent.

Cadre en bois sculpté.

N° 47

N° 47

ÉCOLE HOLLANDAISE

46 — *Paysage, cours d'eau et pêcheurs.*

Bois. Haut., 31 cent.; larg., 38 cent.

Cadres en bois sculpté.

HUET (J.-B.)

(DEUX PENDANTS)

47 — *Bergers, bergères et animaux.*

Deux importants dessins à la plume rehaussés d'aquarelle. L'un des deux est signé et daté : *l'an 3me.*

Haut., 33 cent. 1/2; larg., 45 cent. 1/2.

(*Voir les Reproductions.*)

FAÏENCES & PORCELAINES

48 — Deux vases-cornets en ancien biscuit de Wedgwood, à décor de bas-reliefs.

49 — Sucrier couvert et quatre tasses et soucoupes en ancienne porcelaine dure de Sèvres, décor d'armoiries en couleur, et bordure à dentelle en dorure.

50 — Service à thé en porcelaine de Chine, décor à personnages.

51 — Paire de vases couverts, de forme octogone, en ancienne faïence de Delft, décor de fleurs en bleu.

OBJETS VARIÉS

52 — Nécessaire de dame, contenant un étui, une paire de ciseaux, un dé à coudre, un poinçon et un passe-lacet, en or.

53 — Théière en argent, à déversoir fait d'une tête d'oiseau. XVIIIe siècle.

54 — Grande cafetière sur trois pieds en argent; mascaron au déversoir. XVIIIe siècle.

55 — Sucrier couvert en argent ajouré à palmettes. Premier Empire.

56 — Paire de petites salières, à couvercles coquilles, en argent. Époque Louis XV.

57 — Monture de moutardier en argent ajouré. Travail ancien.

58 — Quatre médaillons ronds en étain gravé, doré et peint à la gouache, représentant des paysages avec ruines et animés de personnages. Cadre en bois doré. Époque Louis XVI.

59 — Coffret oblong en bois laqué, décoré dans le goût chinois de paysages et fleurs en dorure. Ancien travail hollandais. XVIIIᵉ siècle.

60 — Cithare, à nombreuses cordes métalliques, en bois décoré au vernis, ornée de fleurs et de rinceaux. XVIIIᵉ siècle.

BRONZES, SCULPTURES

61 — Flambeau de jeu, à trois lumières, en bronze
doré. Époque Louis XVI. Il est muni d'un abat-
jour mobile sur une tige verticale.

62 — Deux petits bustes en bronze patiné, sur socles
piédouches en marbre blanc. Ils représentent
Voltaire et Rousseau. xviiiᵉ siècle.

63 — Groupe de deux cerfs en bronze, par *P.-J.
Mène*. Bronze à patine médaille.

64 — Pendule en bronze doré, le cadran surmonté
d'une statuette d'Apollon, assis sur une peau de
lion ; base ovale avec rochers et feuillages, et
ornée d'une frise à sujet bacchant. Époque
Empire.

65 — Lustre ancien en bronze, garni de cristaux,
disposé pour l'éclairage électrique.

66 — Médaillon rond en terre cuite, par J.-B. NINI,
représentant en profil-médaille : Charles-René
Pean, Seigneur de Mosnac.

67 — Médaillon rond en terre-cuite, par J.-B. NINI,
représentant en profil-médaille : J.-D. Leray de
Chaumont, Intendant des Invalides.

68 — Deux petits bustes : Portraits d'homme et de femme, en plâtre peint. XVIIIe siècle.

69 — Deux médaillons-bustes d'homme et de femme, en bas-relief. L'un des deux est signé : *E. Dubois.* Premier Empire.

70 — Groupe en terre-cuite : Deux enfants nus, avec oie et chien. XVIIIe siècle.

71 — Deux bustes, grandeur nature : Homme et femme, en marbre blanc. XVIIe siècle. Sur gaines à trois faces moulurées.

MEUBLES ET SIÈGES
GLACES, TRUMEAUX

72 — Petit trumeau en bois sculpté peint gris. Époque Louis XV.

73 — Trumeau ancien en baguette, muni d'une glace surmontée d'une peinture à sujet allégorique. XVIIIe siècle.

74 — Glace étroite, dans un cadre en bois sculpté doré, cintré à la partie supérieure, à décor d'arabesques, coquilles, cartouches et rocailles. Époque Régence.

75 — Glace haute et étroite, dans une bordure en bois sculpté doré. Style Louis XIV.

76 — Deux petites jardinières, de forme circulaire, en acajou sculpté. Elles sont décorées de grandes feuilles d'eau, entrelacs et rangs de perles. Époque Louis XVI.

> Haut., 21 cent. ; Diam., 12 cent.

77 — Commode de poupée en acajou, ouvrant à trois tiroirs entre deux colonnettes ; garniture de petits bronzes. Dessus de marbre blanc. Époque Empire.

N° 79

78 — Vitrine en glace, monture en cuivre mouluré.

79 — Écran en acajou mouluré. Époque Louis XVI.
Il est muni d'une feuille en ancienne tapisserie
au point, offrant une gerbe de fleurs sur fond
rose. Monture à crémaillère.

> Haut., 1 mètre ; larg., 54 cent.

(Voir la Reproduction.)

80 — Petite table de chevet, ouvrant à tiroirs et
porte à coulisse, en bois de couleurs. Époque
Louis XV.

81 — Table de chevet, de forme ovale, en acajou,
ouvrant à porte à coulisse, munie d'une tablette
d'entrejambe. Dessus de marbre blanc, ceinturé
d'une galerie ajourée en cuivre. Époque
Louis XVI.

82 — Table de chevet en bois de rose, sur pieds
cambrés. Elle est munie de deux tablettes en
marbre blanc. Époque Louis XV.

83 — Petite table carrée, à trois tiroirs, en acajou.
Encadrement de rangs de perles. Dessus de
marbre encastré. Époque Louis XVI.

84 — Petite table de chevet en bois de placage, de
forme rectangulaire, sur quatre pieds cambrés.
Elle est munie d'un tiroir sur un côté. Estampille
du maître ébéniste *P. Migeon*. Époque Louis XV.

> Haut., 66 cent.; larg., 47 cent.

85 — Table-bureau en bois moluré. Il ouvre à trois
tiroirs et repose sur quatre pieds fuselés et
cannelés. Dessus de basane. Époque Louis XVI.

Long., 68 cent ; larg., 1 m. 35 cent.

86 — Petite table, formant bureau de dame, en
marqueterie, de forme ovale, reposant sur quatre
pieds cambrés réunis par une tablette d'entrejambe, décor à carrelages. Elle est munie d'une
tirette de face, formant bureau, et d'un tiroir de
côté, servant d'écritoire. Décor de chutes à feuillages de laurier sur baguettes, moulures, petits
sabots, en bronze. Dessus de marbre blanc,
ceinturé d'une galerie ajourée en cuivre. Époque
Louis XV.

Haut., 75 cent. ; larg., 49 cent.

87 — Petite table à ouvrage, à quatre faces, en
marqueterie de bois de couleurs. De forme
droite, elle repose sur quatre pieds-gaines re-
liés par une tablette d'entrejambe. Elle est munie
de deux tiroirs. Décor de fleurons au centre, de
losanges, chutes simulées sur les pieds. Dessus
de marbre marron veiné. Galerie ajourée en
cuivre. Époque Louis XVI.

Haut., 74 cent. 1/2 ; larg., 48 cent

88 — Table à jeu, forme demi-lune, en acajou, avec
filets de bois noir, baguettes et moulures de
cuivre. Fin du xviii⁰ siècle.

89 — Guéridon à raser, à pied-tripode, et muni
d'un miroir ovale mobile, en acajou et filets de
bois jaune. Commencement du xixe siècle.

90 — Bureau, dit dos-d'âne, en palissandre, ouvrant à abattant, et deux tiroirs, sur pieds cambrés. Époque Louis XV.

91 — Grand paravent, à cinq feuilles, en acajou.
Époque Louis XVI. Garni de soie verte ancienne,

Haut., 2 m. 27 cent.; larg. d'une feuille, 63 cent.

92 — Petite encoignure en marqueterie de bois de
couleurs. De forme légèrement cintrée, elle
ouvre à une porte et est décorée d'un branchage
fleuri, agrémenté d'un nœud de ruban. Encadrement de filets. Elle porte une estampille :
F. G. Dessus de marbre vert. Époque Louis XV.

Haut., 90 cent. 1/2 ; larg., 56 cent.

93 — Encoignure en marqueterie de bois de couleurs. De forme cintrée à angles coupés, elle
ouvre à une porte. Décor de fleurons dans des
losanges. Dessus de marbre de couleurs. Époque
Louis XV.

Haut., 93 cent.; larg., 70 cent.

94 — Petite armoire étroite en acajou mouluré ; à
pilastres d'angle à cannelures ; elle ouvre à
deux portes pleines. Époque Louis XVI.

Haut., 1 m. 87 cent.; larg., 97 cent

95 — Petite armoire en marqueterie et bois de placage. De forme droite à angles coupés. Elle ouvre à deux portes. Décor de médaillons, filets d'encadrement, cannelures simulées. Dessus de marbre brèche d'Alep. Époque Louis XV.

Haut., 1 m. 62 cent.; larg., 1 m. 12 cent.

96 — Petit secrétaire à abattant et deux portes en bois de rose et amarante. Dessus de marbre. Époque Louis XVI.

97 — Secrétaire, de forme contournée, en bois de placage, ouvrant à abattant et deux portes. Dessus de marbre. Époque Louis XV.

98 — Secrétaire de forme droite, ouvrant à abattant et deux portes, en marqueterie à fleurs, filets de bois de couleurs, sur fond de bois satiné. Époque Louis XVI. Dessus de marbre gris.

99 — Secrétaire en marqueterie à fleurs, en bois de couleurs de forme droite, les côtés légèrement galbés ; il ouvre à abattant et deux portes. et est décoré sur la face et les côtés de branchages fleuris. Dessus de marbre brèche d'Alep. Estampille de *H. Hansen*. Époque Louis XV.

Haut., 1 m. 16 cent.; larg., 1 mètre.

100 — Secrétaire droit à abattant, tiroir et portes, en acajou mouluré. Dessus de marbre. Époque Louis XVI.

101 — Horloge. dans sa gaine en bois décoré, en
laque à fond noir, de sujets en dorure dans le
goût chinois. xviiie siècle.

102 — Chiffonnier Louis XVI, à cinq tiroirs, en acajou et baguettes de cuivre. à hauteur d'appui ;
dessus de marbre blanc ceinturé d'une galerie
ajourée en cuivre.

103 — Vitrine en bois de placage avec filets, à hauteur d'appui. Elle ouvre à deux portes grillagées,
munies de rideaux verts en soie.

104 — Meuble desserte. formant commode, en acajou ; de forme droite, il est muni de quatre
tiroirs ; ornementation de moulures. poignées
de tirage ; galerie ajourée en cuivre. Dessus de
marbre encastré. Époque Louis XVI.

Haut., 95 cent. 1/2 ; long., 1 m 25 cent.; prof., 33 cent. 1/2.

105 — Console, de forme mouvementée, reposant
sur quatre pieds réunis à la base par un croi-
sillon, en bois sculpté doré. décor de feuillages
et rocailles, fond quadrillé. Dessus de marbre.
Commencement de l'époque Louis XV.

106 — Console-desserte en acajou mouluré, à quatre
pieds cannelés réunis par une tablette d'entrejambe. Elle ouvre à un tiroir. Moulures et baguettes en cuivre. Dessus de marbre de couleurs.
Époque Louis XVI.

Long., 1 m. 13 cent.; larg., 48 cent.

107 — Console-desserte en marqueterie à coins
cintrés, concaves ; elle repose sur quatre pieds
cannelés, réunis par une tablette d'entrejambe.
Elle est munie d'un tiroir de face, dans la ceinture. Décor de losanges. Enrichie de moulures
d'encadrement et ornée de bagues en bronze.
Dessus de marbre. Estampille illisible d'un
maître ébéniste. Époque Louis XVI.

Haut., 90 cent.; larg., 1 mètre.

(*Voir la Reproduction.*)

108 — Commode, formant bureau, en acajou, ouvrant à trois tiroirs, dont celui de la ceinture
forme bureau. Côtés cintrés, baguettes de cuivre.
Époque Louis XVI. Dessus de marbre blanc.

109 — Commode demi-lune, à quatre tiroirs de
face et deux portes latérales, en marqueterie de
bois de couleurs. Dessus de marbre. Époque
Louis XVI.

110 — Commode Louis XVI, à quatre tiroirs, en
acajou et baguettes de cuivre. Dessus de marbre
gris.

111 — Commode en marqueterie de bois de couleurs. De forme droite à légère saillie sur la
face, elle est munie de deux tiroirs et repose sur
quatre pieds élevés et légèrement cambrés, décorée d'une corbeille de fleurs ; baguettes d'encadrement, petites rosaces enroulement de
fleurs sur baguettes. Ornementation de bronzes :

Nº 107

sabots, tablier. Dessus de marbre blanc. Époque
fin Louis XV.

Long. 1 m. 17 cent.; larg., 54 cent. 1/2.

112 — Commode en bois de placage, de forme
droite à léger ressaut central. Elle repose sur
quatre pieds élevés, et ouvre à deux tiroirs. Elle
est ornée, sur les coins arrondis, de cannelures
simulées, et, sur les panneaux, de baguettes
d'encadrement. Ornementation de bronzes ci-
selés : anneaux de tirages, entrées de serrures,
cul-de-lampe et sabots. Elle porte l'estampille du
maître ébéniste *Stumpf*. Dessus de marbre de
couleurs. Époque Louis XVI.

Long., 1 m. 27 cent. ; larg., 60 cent.

113 — Bahut de salle à manger, à hauteur d'appui,
en acajou mouluré. Époque Louis XVI. Il ouvre
à quatre portes et repose sur huit pieds. Dessus
de marbre gris.

Haut., 95 cent.; larg., 1 m. 90 cent.

114 — Deux bois de chaise sculptés et dorés, décor de
rocailles, feuillages, coquilles. Époque Louis XV.

115 — Deux fauteuils, à dossiers ajourés, en bois
mouluré et sculpté. Ancien travail anglais.

116 — Petite chaise basse, à dossier-médaillon, en
bois mouluré sculpté, recouverte d'ancienne
tapisserie au point à semis de fleurettes. Époque
Louis XVI.

117 — Fauteuil et chaise en bois mouluré, laqué et partiellement doré, recouvert en soie brochée.

118 — Chaise en bois mouluré. Époque Louis XV.

119 — Fauteuil en bois mouluré et sculpté, décor de fleurettes. Époque Louis XV. Recouvert en velours frappé jaune.

120 — Chaise en bois sculpté canné, pieds à croisillons, décor de fleurettes et coquilles. Estampilles du maître ébéniste *L. Cresson*. Époque Louis XV.

Larg., 49 cent.

121 — Deux fauteuils en bois sculpté peint. De forme mouvementée, ils sont décorés de rocailles, coquilles, fleurettes. Époque Louis XV.

Larg., 72 cent.

122 — Fauteuil de bureau, de forme contournée, en bois mouluré. Époque Louis XV.

Larg., 65 cent.

123 — Petite bergère en bois sculpté peint ; dossier cintré, décor de moulures ornées : feuilles d'acanthe, tore de laurier, rosaces ; couronne de fleurs et feuillages noués par un ruban. Pieds fuselés et cannelés. Époque Louis XVI. Elle est munie d'un coussin mobile.

Larg., 61 cent.

124 — Petite bergère en bois naturel mouluré et
sculpté. De forme mouvementée, décorée de moulures et fleurettes. Époque Louis XV. Elle est
garnie et munie d'un coussin mobile en ancien
velours jaune.

Larg., 70 cent.

125 — Bergère en bois mouluré et sculpté. Époque
Louis XVI. Elle est recouverte et munie d'un
coussin en velours.

126 — Petit fauteuil, à dossier bas, en bois mouluré
avec traverse, garni de tapisserie au point, fleurs
dans des compartiments à fond noir. Époque
Louis XIII.

127 — Fauteuil en bois mouluré, époque Louis XV,
garni d'ancienne tapisserie au point, à décor de
petits dessins réguliers, en bleu sur fond jaune.

128 — Deux fauteuils en bois mouluré et sculpté,
recouverts d'ancienne tapisserie au point; décor
de fleurs sur les sièges, personnages sur l'un
des dossiers, animaux sur l'autre. Époque
Louis XV.

129 — Petite banquette d'applique en bois sculpté à
six pieds cannelés. Recouverte en ancienne soie
bleue. Époque Louis XVI.

130 — Fauteuil en bois mouluré, garni d'ancien
cuir de Cordoue. XVIIe siècle.

ÉTOFFES, TAPIS D'ORIENT

131 — Trois bandeaux, faits d'ancienne soie ornée
d'applications formant des frises de quartefeuille.
Contrefond vert.

132 — Gilet en ancienne soie lamée de métal et brochée à fleurettes. Époque Louis XV.

133 — Chape en ancien damas vert bordée d'une
bande de velours à fond jaune.

134 — Devant d'autel en ancien damas de soie
rouge, décoré d'applications en ruban. Époque
Louis XIV.

135 — Trois bandeaux dentelés en ancienne soie
brochée à vases de fleurs. XVIIIe siècle.

136 — Tapis d'Orient, à dessin bleu sur fond rouge.

137 — Autre tapis d'Orient analogue.

<u>RED. :</u>

21

www.ingramcontent.com/pod-product-compliance
Lightning Source LLC
LaVergne TN
LVHW010304190726
843502LV00014B/1771